歌集

# さうか、さうか

野上洋子

青磁社

＊目次

## 第一章　星祭り

第二章　雀の暮らし



第三章　母逝く

野上洋子歌集

# さうか、さうか

# 第一章　星祭り

「さうか、さうか」　二〇〇八年

椎・くぬぎ森の小鳥の囀りに「さうか、さうか」と母が応へる

独り暮らしの母の一人の星祭り笹に結びゐき「みんなしあはせに」

悲しみを沈めむ夜の寝返りに羽毛布団のこのたよりなさ

占ひ師のくれたる種が芽を出して葱のやうらしほつとしてゐる

母の庭に咲く彼岸花枯れそめぬ独り暮らしも限界ならむ

独り居を全うすると母は言ひわれとの同居の逡巡続く

ハンカチは持つたかティッシュは持つたかとデイサービスに母送りだす

色紙《いろがみ》の金メダルを胸に戻りくるデイサービスに遊びて母は

狛犬の「阿」は歯が「吽」は耳が欠け八幡宮に椎の実落ちる

丘の上の廃園に立つ観覧車ドン・キホーテの嗚呼からゐばり

夜明け前の竿に洗濯物を干す前進のみが許されてゐる

## お天気マーク

おはやうと母が金魚に声かけて日本全国お天気マーク

なにかおいしいもの食べさせむ目覚めたる母が赤子のやうに笑へり

かつてわれに母がかうしてくれしことバンザイさせてセーター脱がす

さてどこに遊びに行かむ童謡を流してみても淋しい母と

退屈な時間を潰さむ母とゆけば昼を小さく咲く月見草

「地獄の釜の蓋」とぞ聞きて踏んでみる花のむらさき素足にやさし

花虻の潜りて秘密めく時間ほたる袋は花かたむけて

迷ふなとわれに呪文をかける間を燕が飛べり梅雨空を切り

## 白き耳

幾重もの雲の切れ間に人差し指差し込めるほどの青空がある

顎を乗せて膝をかかへるマントヒヒただ待ちてをれば春はくるのだ

ゆく春の駅地下街を飾る花カラーが白き耳を寄せあふ

立ちはだかるほど大きかりしとふ佐藤春夫の耳思ひつつカラーに触るる

手品師が息吹きかけて鳩を出すやうに願ひのひとつが叶ふ

雨上がりのポプラの梢より翔ちぬラストシーンのやうに白鳩

あなたの街を過ぎてゐますとメールして演歌のなかの女の気分

無住なる足守神社の荒れ荒れし能舞台を蝶が音もなく飛ぶ

もう一度かけなほさうか電話切れば雨の匂ひが部屋に満ちたり

梅雨明けを朝のラジオに聞きながら炊き立てご飯に卵をかける

## きらきら光る

春浅き夜明けの街を来しバスがやや傾きて客を乗せたり

銀行の窓口の端に呆として昼月のやうに新入社員

負けん気はなほわれにあり真向ひに青いピアスがきらきら光る

あまいろに母の白髪を染めてゐる春の時雨の明るく過ぎて

一心に牛蒡を削る昔よりかうして女が鎮めこしもの

いつの日にもどりし夢を見てゐるか昼寝の母がククッと笑ふ

水湧くやうな

茄子や胡瓜みやげにもらひて故郷より戻りし夫の今宵の饒舌

こと多きこの世の秋の畦道に蚊屋吊草は種こぼしをり

郵便夫のバイクの音が通り過ぎ母が小さく溜息をつく

ふりあげしゲンコツのやう霜月の梢に黒き柘榴一粒

街灯の明かりのなかを散る雪が花のやうだよ母を呼びよす

幾たびも撫でてくれたる母の掌の白き窪みに錠剤を乗す

## 妹

毟られし羽のごとくに雪が散る我に一人の妹ありき

冬薔薇のうす桃色にさすひかり五十二歳で逝きし妹

妹の最後のことばは「また明日」冬の夕陽が射しこみてゐき

余呉の雪・函館の雪・思ひ出は雪につながり逝きし日も雪

除夜の鐘が遠く聞こえて厨にはきゆうきゆう水を蛤が噴く

除夜の鐘に感慨もなし早早と布団をかむり田螺の眠り

越の水仙　　二〇〇九年

娘の嫁ぐさきは越前姑《はは》となる人より届く越の水仙

家ぢゆうに水仙の香のじゆうまんし末の娘の嫁ぐ日近し

## 団扇太鼓

木枯らしに目をしばたたきつつ立ち話たちまちにして結論が出る

団扇太鼓ならして寒行の列がゆくぬばたまの夜の星かげの下

先頭の青年僧に率ゐられわれら爺婆みな着ぶくれて

寒行の読経が野面を渡りゆく草木の固き芽を起こしつつ

豹がガゼルを

後悔をするかせぬかは後回しとにかく飛び出せ桜が咲いた

われは「行け」夫は「逃げろ」と声あげる豹がガゼルを襲ふ一瞬

雨音を聞きつつ爪を切りてをりゴールデンウィークも今日にてをはる

光線が棘のごと降る梅雨晴れを消防車がくるサイレン鳴らし

目を瞑り噛む噛む噛む噛む飯を噛む要介護度五に母はなりたり

残照に羽を広げて干《ほ》してゐる川鵜は明日を信じるらしい

「言ひ訳はせぬ」をモットーにして来しが電話かけむか傷つけたらし

## 原爆を許すまじ

自らを煽るごとくに蟬が鳴き八月六日ひるがほの花

「原爆を許すまじ」従姉に習ひたる夏の縁台九歳なりき

ふと止まりふと止まりつつ巡る書架の林間に聞く蜩の声

水色ばかり

白髪にコスモス飾りて母が笑む「介護所通信」の表紙に写り

母を訪うて来し介護士の脱ぎし靴ほのかに温きを手に揃へをり

いくつ夢を叶へし母か水槽のネオンテトラは水色ばかり

母の夢の二人の娘残りたる娘はかたはらで叱つてばかり

やがて母のごとくになればこの今のわたしのやうな娘はいらぬ

コール音数度かぞへて受話器置く愚痴を聞かせるところだつたよ

羽音なく鴉が過りしガラス窓ゆつくり今日の陽が沈みゆく

苺ショート

「七人の敵」も減りたる夫ならむこのごろ鼾をかくことのなし

結局は苺ショートを選び取りあなたはわたしの想定範囲

力瘤の生れしは遥か二の腕をたぷたぷさせて生ごみを出す

いつのまにか夏はゆきたり赤錆し線路の先の陽炎も消え

無人駅のプラットホームの水溜まり微振動させ急行過ぎる

# 第二章　雀の暮らし

安産祈願　　　　　　　　　　二〇一〇年

電線に二羽の雀が並びゐて寄つたり離れたり恋をしてゐる

急坂の参道あへぎつつ登る娘の初めての安産祈願

頭を垂れて祝詞受けつつ赤ん坊を産むのはわたしのやうな気になる

宇宙より「はやぶさ」戻りしこの地球に娘は赤子を産みおとしたり

思ひ出がよみがへるかに赤ん坊が腕のなかにてふうはり笑ふ

赤ん坊と娘が並びて眠るさま花芯をのぞきこむやうに見る

赤ん坊と九十の母の間《あひ》にゐて赤ん坊の方を哀れみてをり

# 背中

春雨にわれを喩へてある手紙九十歳の友より届く

「山清水《やましみづ》で育てたといふだけの米」と友より今年も新米届く

でつかいでつかいおにぎりにしてハフハフと食べる新米匂ひたつかな

雨傘を差しかけくるる人のありどんな背中をわれはしてゐし

## 柿の花

堅き音たてつつ柿の花が落ちる老いたる象の獣舎の屋根に

運命を変へられぬまま獣園に老いたる象が爪切られをる

この後《のち》もここに時間を潰すのかキリンは柵に顎のせしまま

噴水のひとすぢ上がるその廻りを巡るペンギンつむりを垂れて

「動物園にくるたび命が蟄られる」詠ひし友よどうしてゐるか

わが「象」の短歌をほめてくれし人の逝きてそののちその象も死す

## 吉備の野

ガラス窓になまり色の雲が動かねば今日は素直な娘でゐよう

「今日はどこを散歩しようか」母に問へば「ひろ子の行きたいところ」と応ふ

菜花咲き鳥鳴く吉備路に出会ふ人みな穏やかで若くはあらず

まがねふく吉備の野に来つかたはらにはふる里に似るとはしやぎゐる母

すぐ前を歩く鶺鴒吉備の野は人間よりも鳥が多くて

座敷よりをりをり漏るる笑ひ声母に新しき友ができたり

若いもん

自転車にて転びしわれを「今どきの若いもん」が助け起こしてくる

エレベーターの着くのも遅しといらだちてああ忙しい汗が目に沁む

かち割りの中より瓶ビール抜き出して「本音で語る会」の始まり

鈍感に見られてゐるのは気楽なりボトルの麦茶をぼとぼと注ぐ

炎天下に掘り出されたる排水管黒き結露を滴らせをり

心晴らして受話器を置きつつ気がつきぬ相槌ばかり打ちてくれしを

水びたし

ふる里より白桃一箱届きたり母にも幼なじみのありて

閉ぢたまふ阿弥陀の目蓋の穏しきを言ひつつ母は眠られぬらし

息荒き母を摩れば「みんなみんな良《い》いからなかなか死ねん」と言ひぬ

雷鳴を轟かせつつ雨が降る母の心臓手術の前を

街中を水びたしにして雨が降り母の肺にも水溜まりゆく

信号機の赤の点滅を美しと見てをり母の手術のさなか

看取りより抜け来て一人食べてゐる「ドカンと厚焼きステーキランチ」

病む母の平癒祈願に来し寺の山門くぐればおほるりの声

供へられしカサブランカが香りをりわれより先に参りし人よ

病む母をたのみて灯す蠟燭のたちまちにして泪をながす

近づいてはまたも離れて赤とんぼがつひに止まらず白き睡蓮

湿りたる綿のごとくに眠る母九十二年の疲れを思ふ

虎の尾の白き花房そよぎをり虎も淋しき獣にあらむ

穂はらみてそよぐ稲穂の黄ばみ初め母は明日よりリハビリ開始

部屋隅に丸まる猫は十五歳秋の彼岸の陽を浴びてゐる

ダルムシュタット　　二〇一一年

真夏日の滑走路に翼の影黒し飛行機がゆつくり動き始めつ

シベリアを貫く白き一本道暴力的な直ぐさと思ふ

半袖の腕に吹く風ゲリラ豪雨過ぎし直後のドイツに降りる

夕べの鐘を遠く聞きつつワイン飲むダルムシュタットの初日は小雨

南天の鉢を置きたるピザ屋さん夜明けの窓をきしきし磨く

辻一つ一つと曲がり街深く入り込みてゆく赤いハマナス

どの家にも憂ひ事などなきごとし窓窓に赤きゼラニュウムの花

ハイデルベルクの古城の壁にちらちらとむらさき蜆蝶《しじみ》が影ゆらしをり

目印の赤いハマナスがこの辻にも咲きをりどうやら迷子になつた

## 火吹き竹

おやこんなところにあつたか壮年の夫がはげみゐしエキスパンダー

みみず銜へる一羽を追うて二羽がゆく雀の暮らしもなかなかならむ

学生らに囲まれ夫がバーベキューの炭火を熾す火吹き竹にて

卒業生の子におぢいちやんと呼ばれつつ夫が筍食べさせてゐる

線路脇に青き朝顔咲きつぎて小さくなりつつ冬へいりゆく

冬空への供物のごとし蜂の巣が一つ公孫樹に陽を浴びてゐる

大東京

「送り人」が義弟の湯灌をなす部屋の障子真白し冬の陽を受け

妹の逝きて十年会ふ度に日照り雨のやうな微笑見せゐし

通夜までの三日の間の三日目の昼のテレビのタモリに笑ふ

妹の遺しし赤い冬薔薇が雨をふふみて崩れさうなり

岡山にいづれ還ると言ひゐしが　大東京にからつ風が吹く

多摩川の岸の枯れ葦が戦ぎをり生涯現役と言ひゐしものを

長かりし葛藤も過去冬畑に光を浴びる赤唐辛子

パソコンを打ちつついつか眠りたり疲れはもはや根雪のごとし

朝空に水湧くやうな音のして雪となりたりこの歳もゆく

# 第三章　母逝く

「ほら、ひろ子」　二〇一二年

元旦にカラスとトンビが鳴き交はし二〇一二年楽しき兆し

「ほら、ひろ子こんなに伸びるよ」お雑煮の餅を伸ばして母上機嫌

孫や子と囲む牡丹鍋に湯気ゆれてかすかな獣の匂ひも嬉し

駝鳥の卵を抱へて夫が帰りくる初春の夜をしたたかに酔うて

裏通りの学生アパートの外階段明かりのなかを雪が流るる

「みんなみんな大きくなつて」と介護士に囲まれながら母がはしやぐ

福豆を噛めば天気が晴れてきて楠の梢に百舌も高鳴く

ざんぶりと風呂に浸かれば湯があふれ今日も良き日であつたと思ふ

靴の踵の外側ばかりが減るわれの後ろ姿を思へばをかし

## 重い木戸

重い木戸が開《あ》くやうな音が聞こえくる夜の裏山を風がゆくらし

裏山を揺する木枯らしに揉まれつつ木と木が互ひに倒しあふ音

いつのまにかわれより老いて眠る猫われよりも速い呼吸してゐる

舌の音ひたひたと猫が水を飲む時雨の白くふりすぎながら

じーんじーんと時が過ぎると歌にせし人よ時雨が花野を濡らす

ひつぢ田に陽をあびながら穏やかな貌のやうなり楓の枯れ葉

静けさにも静けさの音ふる里の山野をこめて淡雪がふる

## 枇杷の花

妹の逝きて七年水色の空に冬木の梢が震ふ

七回忌の妹の庭の枇杷の花が月光を浴びて夢のやうなり

風の擦りし痕・嘴《はし》の痕「わけあり」と売らるる林檎が露店に匂ふ

人恋しきわけでもないがなんとなく嘴の痕より林檎を齧る

児島湖

長生きを悲しむ母を叱咤していつしよにラジオ体操第一

熱の子をわれの腕《かひな》に娘は託し勤めに出たり風花が散る

ショートステイに母を託しし虚脱感月蝕も見ずに眠つてしまふ

森一番の大きな声で鳴きながら誰にも王者と呼ばれぬ鴉

児島湖の水質調査をしてをらむ夫を思へば小糠雨ふる

## 青い飛行船

一歳の孫と絵本を買ひにゆく青い飛行船浮く昼下がり

雨の日の続く春なりじつとりと胸に藻草の生えてきさうな

長雨に湿る畳に赤光を点滅させる玩具の小槌

塩漬けの茄子を旨しと食べてゐる爺ちゃん婆ちゃんと互ひを呼んで

水槽より跳ね出でし鮒が乾きをり魚の最後も一様《やう》でなし

せいいつぱい最期の水を欲《ほ》りしならむ鮒は大きく口開けてをり

墨に差す柳に根の生え芽の萌えて壁の時計はカッカッ進む

今日の日を思ひつつ炊く味噌汁の浅蜊がつぎつぎ口開けてゆく

髪の毛にまつはり続ける蚊の声を聞きつつ微睡む　春更けにけり

かけつぎ屋

わが世代の為し来しことが此れなるかシャッター通りの底冷えをゆく

ゴーストタウンになりしと行けばたまご色の明かりを点すかけつぎ屋あり

似合ひすぎて切なくなりぬかけつぎ屋の戸口に白き南天の花

わが家までのルートを示し「目的地は雨」と明るきカーナビの声

屈折の言葉をのせし舌のやう辛夷の花が風によぢれて

生き急ぎし直木先生今もなほ『鳥もいろいろ』に鳴く青葉木菟

襤褸《ぼろ》のやうと冬の桜に手をふれて泣き笑ひのやうな表情なりき

## これ以上のこと

風に光る草生に母と孫とゐてこれ以上のことあると思はず

一面に花咲き揺るる姫紫苑かたはらの母もみどりごも笑ふ

「杖はどこ」問へば「食べたかもしれん」母に残れるユーモアうれし

水面すべるアメンボ青田を飛ぶトンボ帰つてみたいとふる里をいふ

残り花の散り込むダム湖に舟うかべ男が一人釣り糸垂らす

家並をそめてゆつくり沈む陽を母が両手を合はせて拝む

戻りこし戸口には落ち葉が吹き溜まり小さき獣の骸のごとし

## 満月の声

遮断機が半鐘を鳴らすやうに鳴り気温は三十八度に上がる

日盛りを駆けつけしわれの乳房《にゅうぼう》の汗に湿るを写されてをり

星雲が渦巻くごとしX線フィルムに写しだされし乳房

網目より逃げ得し魚の心地なりしばらくは経過観察となる

木鼠か啄木鳥の貌になりをらむ種を吐きつつ柘榴食むわれ

コスモスもトンボもわれも風のなか仕舞ひわすれし風鈴が鳴る

満月も歌へばこんな声ならむ満月の夜を鈴虫が鳴く

アンデス

二〇一三年

台風が崩れて熱帯低気圧むし暑き午後の旅立ちとなる

ペルー

灰色の大西洋より寄せる波思ひゐたりし「ラテン」に遠し

独立記念日近き広場に人ら踊り赤や青やの花火があがる

「独立」の歴史を知らぬままわれは人らに混ざりて踊つたりする

ナスカ

セスナ機にて十分あまりのひとつ飛びナスカ地上絵の上空に来つ

幼きより思ひ描きゐしハチドリをあつけらかんと見てしまひたり

眩暈して木陰《マチュピチュ》に休むここに来て「空中庭園」つひに歩けず

アンデスのトマトの味のやさしさを食べつつ高山病の癒えゆく

チチカカ湖

アンデスの尾根のまぢかに見えながらラヤ峠の風に雪の香

チチカカ湖の片隅なれど紺碧の水なり葦の舟をすべらす

真つ青な空を映して真つ青な水を夫がサンプリングする

「父母子《ちちかかこ》」と漢字当てたし浮島の家に暮らせる親子の笑顔

帰路

風にそよぐユーカリ草を食べるリャマやさしきものをみつつ旅せし

アンデスの麓の荒地に母と子が植ゑゐし苗は育つたらうか

## 八雲立つ

あんみつを食べつつうとうとする母の前をあをすぢ揚羽が過る

山羊の乳にて育てしゆゑに短命でありしと妹を母がいとしむ

小間物屋のごとく並べて護符を売る御崎宮の縁の陽だまり

賽銭箱のそばにラジカセ置かれゐて笙や篳篥の雅楽を流す

八雲立つ出雲平野に渡り来て白鳥数百落穂ついばむ

数百の白鳥が頭上をわたりゆく夕日に翳る胸を連ねて

## 満月

水色の空の薄月昼も夜も眠れる母の目蓋のやうで

われを見つめほほゑむ母の顔に差す冬の朝日を忘れはしない

換気扇が母との大事な何かまで流し出すやうでスイッチを切る

孫の頭を撫でしその手をゆらゆらと左右にふりたり杵葉の母

死に近き母の頭にわが頭よせて眠りぬ窓には満月

臨終の母のかたへの窓の外をゆくサラリーマン吹き降りのなか

縁側に日向ぼこしつつ逝くやうな最期でしたねと医師が言ひたり

火葬場よりもどるわたしの膝の上ほこほこ温し母の骨箱

花かつを

夕暮の水すれすれにその影ともつれあふごと川鵜がわたる

涙もろくなりたるわれの焼き蕎麦にのる花かつをのふるへやまずも

「やさしくしてくれてありがとう」母の日に母が色紙《しきし》に書きくれしこと

妹と父母《ちちはは》の遺影まへにして仲間外れの寂しさにあり

冬眠より覚めて桜木を登る蟻いかにあらうと季節は巡る

着ぶくれて

夜明け前の霜の街路を着ぶくれて歩く老婆はやがての私

神護寺の常盤木の杜に湧く雲を過りて鴉が朝狩りにゆく

身の芯に疲れを残す満作か枯れ葉を落とさず花を咲かせる

黄の砂に霞む街空のひとところ雪洞のやうに灯る太陽

「泣き落としが効くのはばあちゃんだけだよ」と二歳の孫を娘が叱る

## 出雲

亡き母の呉れたるゆとり初夏の出雲を歌の友らとめぐる

夏山のをちこちに白い花が咲き出雲の風ははんなりと吹く

枇杷が熟れ鳥がさへづりいつかきたことがあるやう黄泉比良坂

素戔嗚の喜怒哀楽の哀の色出雲の里にあぢさゐが咲く

風にゆるるまたたびの葉が未だ白しこの梅雨明けはもう少し先

あの人もあの人も逝き落葉松の林にむらさきしじみが飛べり

沢胡桃の降らす木洩れ日のうすみどり生まれかはるならこの森がいい

わけもなく幼きわれを悲しませ夕べ裏山に鳴きし梟

自慢です

塀低き馬場あき子邸に柚子の実の黄の色清か冬陽をあびて

馬場あき子邸に熟れし大きな柚子の実を見たるわが目はちよつと自慢です

草紅葉に埋もれし廃線に沿ひながら山鳩の声に視線を上げる

廊下にも居間にもふはふはゴム風船三人の孫が育つ子の家

浮雲を見上げて「ジャックの豆の木」を欲しがりし子も三人子《みたりご》の父

降りさうで

わが脳の断層写真のなかほどに白くけむれる星雲のあり

青葉木梟の声が好きゆゑわが脳に星雲がありても不思議ではなし

診断はラクナ梗塞「ラクナラクナ」どこかの星の言葉のやうな

水を飲めと医師が指示せり要するに渇いてはならぬからだになりぬ

雨雲も疲れてをらむ降りさうで降らないままの昨日から今日

氷水を飲みつつ思ふ曲水に藍あざやかに咲く花菖蒲

水ぬるき田んぼの泥鰌のここち良さ日向にうつらうつらしてゐる

枝道に消防自動車が逸れてゆきわが前方は陽炎ばかり

よく来たね

カスタネット打ち鳴らすやうな囀りが晩夏の森の奥より聞こゆ

ベランダの蟬の骸のその翅にみどりかすかに残りゐること

よく来たね君は何鳥うごくなよ私が図鑑を持つてくるまで

造成されのつぺらばうになりし地に蛙の声すおぼろ三日月

ぬばたまの夜をひと声蟬が鳴き応へてひと声鳴く蟬のあり

# 第四章　風のゆくらし

あきらめ

二〇一四年

「ただいま」と声を上げたりもうだれもゐない実家の玄関に立ち

解体の迫る実家に音もなし柱時計は振り子を止めて

ひなたぼこしてゐし父よ縁側に「ほっかほか弁当」一人で食べる

間なく伐る木蓮の幹に手を当つれば夕陽に数多の蕾を見せる

音もなくさざん花の花が散りてゆくあきらめかたを教へるやうに

地に低く風のゆくらしさざん花の下枝を息つぐやうに揺らして

川淀のやうな時間が続くだらうそれもわたしの時間であるよ

一斉に黒豆畑が鳴りはじむ氷ノ山より風吹き下ろし

池の底に沈みて動かぬ金の鯉むつちり太りて冬のまんなか

あきらめは受容と同じ硝子戸を明るめて日照り雨が降りいづ

この夜も客なきインド料理屋の点す明かりを過りてもどる

ああ五月

ああ五月桃太郎通りの百合樹が灯火《ともしび》のやうに花をかかげて

たぶん君もわたしの老いを見てをらむ車道をへだててほほゑみあへり

黄金虫の一匹眠る鹿の子草ひざのうへに置き車走らす

えごの花白く散る道わが前後にあたたかきかな人の足音

もりあを蛙の卵をはぐくむ森深くじーんじーんと癒されてゆく

白き泡のなかの卵の数百粒われら「団塊世代」は老いて

カッコーの声には不思議な力あり森の深さをさらに深くす

風に吹かれてゐるのが好きか河原鶸今日も葦の穂の先に揺れゐる

水溜まりに雨粒つぎつぎ輪を開き孫の「どうして」で今日も暮れゆく

わが庭は風の溜まり場露を溜め草あぢさゐが傾いてゐる

「まあいいいか」軽くいなせるやうになり肺活量が増えた気がする

## 竹の秋

本当の秋よりさびしい竹の秋とんぼの翅のごときが散りて

雨のなかの電柱に鵜が羽の雨を払ひをり払つても払つても雨

拾ひこし栴檀の実を庭に埋めわが亡きあとの空を想へり

わたしにて絶える実家の奥津城の青葉を透るうぐひすの声

杉の木の末《うれ》より光のごとく降る大瑠璃の声はお墓の上に

水子供養の風車回る檀那寺にわが祖の永代供養を託す

『ちいさいおうち』

春浅きベランダに来し鳩の胸発する前の声に膨らむ

わたしから子にゆづり今は孫が読む『ちいさいおうち』のひなげしの花

思ひ出は音をともなふアパートの外階段を登り来し音

背後から夕日が差してわたしから気泡のやうな歌の生れたり

月までは歩いて十年歩かうよ今夜の月には笑くぼが見える

一点を刺すごとく回りゐし独楽が倒るる前に大きくぶれる

アラスカ

チャーター機をおほかた占めるは高齢者二六〇名の「オーロラツアー」

空港に銀鼠色の水溜まり九月アラスカは深き秋なり

雨なれどアラスカの雨アラスカの雨を背にして写真にうつる

驟雨止みて青き焔の立つやうなあれが氷河と指さしくるる

崩落の氷河の破片のオンザロックつくりて船長が客をもてなす

「美しいわたし」と自分に酔ふやうに三つ指カモメがわが上を飛ぶ

船底に当たる氷塊の鈍き音聞きつつ次の崩落を待つ

ビブラートのやうに震へるポプラの葉われには感じられない風に

ベリーの実を一心に食べるグリズリー急げよ雪の降る日は近い

午前零時ホテルの庭にぎゆうぎゆうの観光客らがオーロラを待つ

納得はすなはち諦め白き紗のカーテンめくがオーロラらしい

「気づいてゐますか」「二重《ふたへ》ですね」と行きずりの人と見上げるアラスカの虹

飛行機より見下ろせば海月色をなすあれがわたしのそらみつ大和

ポッペン

久しぶりと自転車止めて長話し荷カゴに木の葉が散り落ちてくる

「心臓がポッペンと鳴ればそれは恋」雨の降る日を俳句で遊ぶ

今が一番幸せと桃を食べながら本当だけど少し淋しい

雨に尾を立ててゆく猫「魂は尾にある」と詠みしは菱川善夫

ゆく秋の川淀の岸に寄せる波小舟の櫂が小さく鳴りたり

セロファン

そこらぢゆうから落葉が吹かれて来たやうと裁判所の裏を陳さんが掃く

重き音にコンテナ二十輛が鉄橋をわたりてゆけり退職近し

贈られし花束を包むセロファン紙がわたしの胸で音立ててゐる

十五の乙女　　　　二〇一五年

若草色のスーツが似合ふアテンダント亡き妹の面影に似る

「先輩」とわれらを呼ばせて孫と巡る三月花の都のパリー

肘笠雨といふを思ひつつ肘笠して小走りにゆく雨のシャンゼリゼ

ノルマンディーのじやが芋畑の白い花十五の乙女を立たせて写す

草笛を吹くやうに鳴く鳥のゐてノルマンディーの野に雨が降る

萌えそめし白樺の枝に巣をかけてなんとゆたかな子育てだらう

モネの描きし位置とぞ立ちて仰ぎ見るルーアン大聖堂は霧雨のなか

強き風魚の腐臭しかれども木の橋わたりてモンサンミッシェル

風神がクシヤミをしたかそんな雲ぽこんと浮いてひなぎくに雨

影も老いゆく

薄焼き玉子焼けば次から次に破れほとほと疲れるわれの人生

曇天に部屋のなかまでねずみ色エイプリルフールにもはやはしやがず

散りつもる桜が風に起こされて喚声あげて転がつてゆく

ありなしの風に花びらながれつつ思ひ出話にかたむく歌会

花の季の終はりし城裏しめりたる風に流るる花二三片

去りゆきし友のうはさにそば耳を立てれば初夏の稲妻奔る

影もまた老いてゆくのだ土筆を摘んで孫を訪ひゆくわたくしの影

鼻に皺をよせて笑ふ子を抱きにゆく夕焼け小焼けの線路を越えて

町内の無許可の「るんるん保育園」戸口に蚊取り線香くゆる

蜜月の語源を思ふ満月の光に豌豆の花が浮かんで

もうその辺で

ハイビスカスを角に飾れる水牛の車に乗りて島風のなか

島唄を歌うて牛車を操れる老爺かすかに酒の匂ひす

島丘よりガイドがあそこと指さすに波照間島《はてるまじま》は夕日に煙る

やどかりの網目模様の足跡を波照間よりの風が消してゆく

空の青海の青にも染まずして流れ着きたる一升瓶あり

海波に翅を休めるアサギマダラもうその辺でいいではないか

知　覧

テレビ画面に大型台風の白き渦「安保法案」成立したり

この夏も短歌講座にて輪読す正田篠枝の原爆の歌

河原には夏草茂り太田川は今たつぷりと水を流せる

知覧へと越えゆく峠に立つ看板「知覧パラダイス」に蟬しぐれ降る

特攻兵が出撃までを寝起きせし三角兵舎の煎餅布団

出撃前に小犬と遊ぶ特攻兵あはれ「若桜」などと呼ばれて

出撃前夜と記されし写真に少年兵が腕相撲とる笑顔を見せて

「数時間後にはこの世を去るとは思へない」遺書のインクの青うすれたり

「隼《はやぶさ》」を背にピースする子を写すその父母《ちちはは》もみな若くして

あやまちはくりかへしませんと誓ひしよりわづか七十年経しのみなるに

世の中は常にもがもなテロ対策特措法はかつての治安維持法

「甘えるな」

熱高き子をねむらせる昼下がりビニールプールに木の葉一枚

竹の葉がささやくごとく散りてゐる直木先生の今日は命日

聞いて聞いてと喋る「女子会」聞き役はもっぱら一人元裁判官

自動ドアの開《あ》くや足もとにスイッチョン待たなくても秋が来てしまひたり

「甘えるな」弱りし脚を励まして歩きてゐたり晩年の母

この夜も寝着かれぬわがかたはらに夫の規則正しき寝息

腹立ちが力となりたるころは過ぎこの椅子一脚持ちあげられぬ

雨傘を干す

三途の川を渡り得ぬ魂もあるならむ葦の穂絮がわらわらと散る

二本松峠の寺に茶の花がほろほろこぼれあれは鵙の声

「ゆつたりと生きよ」と言ひゐし母なりき墓所よりもどりて雨傘を干す

鮪缶開けつつ胸がじんとなる母が小芋と炊いてくれにき

鍵束より今も外さず父母の逝きて倒しし家の戸の鍵

## 限界集落

年年歳歳過疎すすみゆくふる里の「案山子祭り」に「コスモス祭り」

電流の通る猪垣《ししがき》にて田を囲ひ限界集落に友は生きゆく

電線に並ぶ鴉の数十羽すべての頭が北風に向く

残照の宍道湖に浮くかいつぶりことごとく細き首立ててゐる

奥出雲の雲南に冬の陽はあふれ畑焼く煙の青きひとすぢ

# 第五章　砂時計

千客万来　　二〇一六年

小寒の雨ふりやまぬ昼下がり赤子を抱いて娘が来たり

いく度も「早い話が」と挿みつつ男の話が前へ進まぬ

新キャベツに紋白蝶も来て止まり青空市は千客万来

青虫の齧りし葉こそおいしいと青空市場でキャベツを選ぶ

明日は歌を詠むに良き日ぞ予報士が寒の戻りの雨を知らせる

砂の波紋

気がつけば風のきままが身について折鶴を折ることなどもなし

この庭が「重森三玲」でなくてもよい砂の波紋にかたばみが咲く

われを呼ぶ声がするよと読み止しのページにザボンを置いて出てゆく

雨のなかの辛夷の蕾の三角錐いつまで意地を張りとほせるか

訪ひきたる子の家は留守緋めだかの水槽に水の音のみがして

あの人も短歌の種を拾ふのか冬の疎林に手帳を開く

歯が何本

実桜の実がうれ枇杷の実がうれて五歳の孫が補助輪はづす

六月の落葉松林どこからか霧吐くやうな筒鳥の声

雨に濡れ桜模様が浮き出づる傘さして余生の後半あたり

いま少しの仕上がりなれど可としたりわれも美容師さんも歳ゆゑ

「歯が何本残つてゐるか」半世紀ぶりに逢ひたる男女の会話

起き抜けにわれより飛び出す「ハクション」が最晩年の母に似てゐる

豆の皮でも剝くよとキッチンに入りてこし母よあつさり断りしこと

始祖鳥のモビールが天井に静止して村の図書館に一人読みゐる

かなかなかな

夕光より沁み出づるやうな蟬の声死ぬときはだれもだれも独りぞ

どことなくムンクの叫びに似るピーマン無理はするまいわたしはわたし

かなかなかなひぐらしの声の清やかさひとりぼつちを愉しむごとく

ゆく夏の風にふかれてゆく道に白茶けし羽の雀が来たり

一期は夢とは

秋の陽の白く差し込む卓上の原稿用紙は空白のまま

生け垣の茶の花を蜂の巡りゐて巨勢郵便局にもの音のなし

秋の陽に濡れてゐるやうな巨勢の谷どこかに女らの笑ふ声がする

柿の木に騒がしいほど実の熟れて「その他大勢」のたのしさに見ゆ

廃校の桜のつぼみ堅けれど堅けれどみな春には開く

父母《ちちはは》も妹も祀る奥津城が陽に温かくて泣けてくるなり

「色や意地が無くなりや石よ」シャキシャキと女噺家九十三歳

もうひと部屋増築したい子の卓にジャンボ宝籤のはづれ券あり

突風に赤いリボンが飛んでゆく一期は夢とは未だ思へず

冬の中欧

俯瞰せるボルガは蛇行をくりかへし蛇行といふをたのしむごとし

ウラル越えボルガを越えて来しプラハ風に枯れ葉がころがりてゆく

朝露に光るプラハの石畳馬場あき子もかの日踏みて行きけむ

大統領は病気がちとふ議事堂の屋根に国旗が垂れ下がりゐて

ことごとく口髭をはやし武器を持つ英雄広場の英雄の像

ややおもい冬の青空過る鳥プラハ城への坂道長し

カレル橋に立つ聖人像の三十体女性はマリアとアンナの二体

土鳩にも好みがあるらしまたしても百合を手にした聖人に来る

生には死・愛には憎しみ　クリムトを観終へて出づれば土砂降りの雨

明日は嵐になるとふ夜のコンサート異国の人らと手拍子をうつ

風の夜をふうつと手と手をかさねあふ落ち葉が落ち葉にかさなるやうに

茜色の野末の疎林を難民の影かと見つつハンガリーに入る

風落ちし空がゆつくり雲を生み野末の風車の羽根止まりたり

原発を廃止せし国ゆつたりと大夕焼けに風車を回す

〈美しく青きドナウ〉を見むと来て電飾を映す水を見てゐる

王宮の冬木のからすが日本語で「かあ」と呼ぶから明日は帰らな

関空まであと数時間手帳開きわたしの明日を確かめてゐる

猫

玄関のたたきに猫が待ちてゐる時雨にぬれてもどり来たれば

老耄のはじまりしかと抱きよせる声を絞りて夜を鳴く猫

垂乳根の母を叱りきほうほうと絮毛のやうになりゆく母を

霜月に花をつけゐるほとけの座惚けることも仏の心

張り替へし障子の白さを淋しがりし母よかの日の時雨ふりそむ

野ぼろ菊咲いてゐるのかゐないのか線路の脇に今日も半開

アンパンマンの黄色いマントを羽織る子と表に出れば夕陽も黄色

## 流氷

二〇一七年

幼きより雪がすきなり降りはじめのときめき上がりしのちの煌めき

ジンギスカン食べむと札幌の夜をゆく凍りし雪を踏みしめながら

層雲峡の古き湯の宿鍵穴に差し込む音を昭和とおもふ

流氷が遠くに光り過去ばかりを眩しむやうになりてしまひぬ

氷の屑の集まりと言はむ流氷を観光船は砕くともなし

太陽信仰

乾燥機もあるが使はず竿に干す昭和生まれの太陽信仰

冷蔵庫も洗濯機もレンジも指示を出すいづれも女の声であること

ＡＴＭより下ろしし一万円札に「雨」と小さく書きてありたり

起き上がり小法師いつまで起き上がる赤子のわれに父がくれたる

綾とりの月はいつでも捻ぢれたりわれは大層ひねた子供で

かたばみから蓼へとわたる蜆蝶遠くを見ない幸せもある

陽は中天　等身大の影のなかに嵌まりて一匹黒蟻がゆく

## 古女房

水色の空を綿虫が流れゆき三月夫の退官近し

来し方を思うてつかの間しんみりし古女房の私と思ふ

子どもらはみんな去りたり公園に水もて描きし土俵を残し

## 遍路ツアー

山門をくぐるや真つ赤な落ち椿予定調和の短歌の景色

うち揃ひ般若心経を唱和する二分咲きほどの桜の下に

青空に咲くやうに桜咲きそめる無量無辺の仏のちから

道沿ひにつづく菜の花に照らされて雲仙寺から極楽寺まで

歌を詠むわが足下《あしもと》を風がゆく白きなづなの花ふるはせて

もりあを蛙の卵塊をみつつ何か哀し頑張り通しし団塊世代

では、またね――野城紀久子さん

照り翳りはげしき午後なり楠木が光を集めたり放したりして

ポプラの梢を傾けて吹く風のなか飛び立つ鴉の羽の音がする

降りみ降らずみの雨が本降りになる夕べ友の訃報を電話に受ける

痩せ痩せしお顔なれども円空の木彫りの仏のごとく気高し

透析は四十年の友の柩小さく弾んで斎場を出る

「では、またね」見送る柩がたちまちに角まがりたり燕《つばくら》が飛ぶ

われのみに残る思ひ出奥出雲に朴の花高く白く光りゐき

## 弾ける音

腕を組み眉間に縦の皺一筋春の日なかを夫がまどろむ

ぶらんこに二人乗りして子と孫がわれに過ぎたる時間に遊ぶ

おばあちゃんの味として記憶させおかむ来たれば孫にステーキを焼く

弾ける音聞きたくて踏む団栗が音なく潰れつ　土鳩が来たり

「お気をつけて」と言はれしことにも屈折し可愛い年寄りにはなれさうもない

サイダーの気泡が消えて甘い水になりゆくやうにもなりたくはなく

# 月の土地

月に土地を買はうと思ふ遺言をせめてほんのり明るくしたし

大黒さまの落とした袋か白く円く河口に一つ浮いてゐるのは

ゆく秋の河口に浮かぶ袋より首が伸びたちまち白鳥になる

柿の木に陽を浴びて実が赤く透け甘酒祭りのお知らせがくる

葉を広げ秋の陽差しを浴びてゐるキャベツは結球を始める前に

教師なりし母の法事に届きたりわんぱく坊主を思はせる梨

両腕に枯れ葉色の染み二つ三つわたしのからだにも秋がはじまる

## 水陽炎

足下に水陽炎を揺らしつつ水上テラスにて語る五十年

こんなこといつかもありき穏やかなる入り江をモーターボートが乱す

いい子いい子となでられてゐる感触の秋の朝日に頭を垂るる

水を飲むときには顔を上向《うはむ》けるこもりて歌を作るときにも

こぼれたる青いインクが匂ふなり昼をこもりて歌詠みをれば

わたすげ

大雪山は雲のなかなり妹が最後に旅せし富良野へ向かふ

大雪山の風にながるるわたすげの絮の光よ亡き妹よ

ラベンダーの盛りを妹は見たらうか今わが前には枯れ枯れにあり

くらくらの暑さを黙つて喋は飛び虻は騒がずにはゐられない

旭岳の霧の夜明けに透りくる一羽こげらが木をつつく音

あぶく

霧雨に濡るる暗がり生白《なましろ》い足が横切るピンヒール履き

当事者ではなきゆゑ歌得ず今日もまた歌得ず呆と珈琲を飲む

昼下がりの水の淀みに浮きあがり真鯉があぶくを二つ三つ吐く

とろとろとつづくわが愚痴「さうか、さうか」子が聞きくるる深夜の電話

このごろの天気予報はよく当たり世の中を少しつまらなくする

人参を刻む手もとに差す夕陽七十年の応へのやうに

砂時計の砂が逆さに登るごと一団の鶸が谷間を登る

# 跋

小見山 輝

この集の著者野上洋子さんの歌は、常日頃読みなれたというか、読み親しんで来た感じのものが多い。勿論これらの歌がほとんど我々の機関誌「龍」に発表されたものであるらしいから当然のことではある。そして著者が今は亡き直木田鶴子さんに師事していたこともあって、直木さんからもよくこの人の話は聞いていた。歌風というか、歌いぶりというか、著者が特徴とするのは、日本古来の「女歌」の流れの中のものであるように思う。

女歌の流れ、というても一通りのものではないのだが、無理を承知で一括りにしていえば、「応えの歌」、反応することが身上、というてもいいかと思う。ひとつひとつの歌が、みな何かに反応しているというのではなく、その発想の根元のあたりに、それを感じるということである。いわゆる「当意即妙」「才気煥発」といった、中世の女流歌人たちの流れの中に身を置き、「機知」というか、ウィットというか、ひらめきを喜び、読む方にも、そのひらめきの楽しさを知らせてくれる歌と思いながら読んだ。

ゆく春の駅地下街を飾る花カラーが白き耳を寄せあふ

カラーというのは「オランダ海芋」。観賞用のもので、大きな苞につつまれたような白い花を咲かせる。その白い花が耳だ。というのだが、何の耳というのではなく、耳そのもの、というのである。束ねられ花器の中に活けられてある形を、「耳を寄せあふ」ものと表現するのである。耳はいうまでもなく、生き物にとっては附属器官なのだが、この場合は耳そのものが主体である。カラーといった場合、緑濃いあの葉を思う人はあまりいないだろう。白い花なのだが、その花が耳だ、というのはどこかで感覚をよじられるような面白さがあり、そのあたりを著者は思っているのだろう。

自らを煽るごとくに蟬が鳴き八月六日ひるがほの花

自らを煽りたてるように、作者自身があるのだろう。蟬なんかどうでもいいという気がする。暑さを煽るということもあるだろうが、何しろ八月六日である。昭和二十（一九四五）年八月六日の朝、広島上空で原子爆弾が炸裂し、二十万ともいわれる市民が死傷した。爆弾を投下したのはアメリカ。当時の大統領はいろいろなことをいうけれど、これは人間としてやってはならないことだった。ついで八月九日には長崎がやられた。このような怒りや悲しみは、こんな風にして言わない方がよかったのかも知れない。怒りは沈潜させておき、蟬の声の暑さと、「ひるがほの花」をいうておくべきではないだろうか。八月六日をいうことによって、原爆の被害者たちも、原爆を投下したアメリカ軍も、蟬の声と同じ所に並んでしまったような気がする。じっと耐えていることも有効な表現行為である筈だ。

死に近き母の頭にわが頭よせて眠りぬ窓には満月

命終のときを迎えようとしている母親の頭に、著者は自分の頭をよせて眠った、という。「眠りぬ」というのだから、眠ろうと思っていたわけではなく、頭をよせていたら、眠りがやって来た、ということだろう。何となく、正田篠枝の「大き骨は先生ならんそのそばに小さきあたまの骨あつまれり」が思い出されたりもするのだが、これは著者には多分かかわりなく、読む方の勝手というものだろう。しかしこの「頭をよせる」ということが、実になまなましく迫る。これは著者の、逝かんとする母によせる思いがそこに集中しているからであろう。

身の芯に疲れを残す満作か枯れ葉を落とさず花を咲かせる

春さきに咲く満作だが、いまだ冬の寒さによる疲れを残したまま花の季を迎えているという。おそらく、疲れているのは著者自身であろうと思うが、その思いを花に向け、充分に身にひきつけて表現することによって、言葉が生きて来た。このような技法は、軽くつかうと嫌味なものになるのだが、思いの深さが著者にあったことによってすくわれている。

本当の秋よりさびしい竹の秋とんぼの翅のごときが散りて

竹の秋、即ち春。竹は古葉をふるい新しい芽を出すのだが、この竹のさみどりの色が何ともいえないやわらかさで、見る者を慰めてくれるのだが、著者は本当の秋よりさびしい、という。おそらくさびしさをいう技法として、さびしい秋をいうて、その秋よりももっとさびしい竹の秋、という。なかなか難しい技法だと思うが、竹の新芽のやわらかさのイメージにすくわれて、いい感じの一首になっている。

二本松峠の寺に茶の花がほろほろこぼれあれは鵙の声

擬音語・擬態語の類は安易につかうと歌が薄っぺらなものになりかねないのだが、この場合「あれは鵙の声」と転換することによってみごとにまとまっている。二本松峠は、若山牧水が「幾山河越えさり行かば寂しさの終《は》てなむ国ぞ今日も旅ゆく」と歌った所とされている、備中と備後の境。そこの寺の下の熊谷屋に宿り、そこから岡山に帰省していた有本芳水に書いた葉書にこの歌が記されていたという。今、熊谷屋は建てなおされ、牧水・喜志子らの歌碑公園になっている。ほろほろと散る茶の花と、その静寂を破る鵙の声が印象的だ。この歌の前後に、

三途の川を渡り得ぬ魂もあるならむ葦の穂絮がわらわらと散る

という作品もあり、この著者の作風に合うのか、オノマトペがしっくりと落着いている。

原発を廃止せし国ゆつたりと大夕焼けに風車を回す

茜色の野末の疎林を難民の影かと見つつハンガリーに入る

ハンガリーに来ているか。原発を廃止したということは、国民の、そしてその国民の選んだ為政者の叡知であろう。我々にとっては誠に羨ましい国である。

垂乳根の母を叱りきほうほうと絮毛のやうになりゆく母を

張り替へし障子の白さを淋しがりし母よかの日の時雨ふりそむ

こうして母を送り、この世に生きる者の当然として著者みずからもまた送られるのであることを意識の底におきながらも、この集におさめられてある作品群は、一見、華やかな機知にあふれるものである。この文の初めの方に書いたように、著者の作風は、明らかに中世女歌の流れの中にある。ということは、常に潑溂としていることを要求される。間もなく逝かんとしている母親の頭に、みずからの頭を寄せて眠るということは、その死に、近づけてわが身を置くということに外ならない。賑やかにしているけれど、歌の本質が寂しさにある、ということを無意識ながら著者は知っているのだと思う。

この面白く、少し悲しい歌集が、多くの人に読まれ、多くの人の賛同を得るであろうことを確信して、拙い跋の文の筆を擱く。

平成二十九年十二月二十日

# あとがき

岡山市の中心街のはずれに「池田動物園」があります。元岡山藩主の孫池田隆正氏と昭和天皇の第四皇女厚子さま夫妻が一九五三年に開園され、今年で六十五年になります。

数年前より資金難を耳にしていましたが、昨年の夏、「閉園」もやむなしとテレビで知り感慨深いものがありました。

子育てのころには子供たちを連れてたまに訪れていた動物園ですが、短歌を始めた三十年程前からは歌を拾いたいと、ある時は一人である時は歌仲間としばしば訪ねていました。

二〇〇八年に上梓した第一歌集名『キリンの首』はこの動物園のアミメキリンの歌からとりました。

冬の陽が沈みはじめて逆光のキリンの首より暮れてゆくなり
日本の最長老といふ鰐が全身脱力状態で浮く
檻のなかに一頭なれば白熊の明日は今日と同じであらむ
日本に来て三十年のインド象夕立のごと放尿したり

その後は母の介護をはじめとし仕事や家事などのもろもろで、濃密ではありつつも目まぐるしい日々が続き動物園に行くゆとりはなくなりました。

母を送って五年、そろそろ次の歌集を編もうかな、と第一歌集以後の歌を読み返しながら唖然としてしまいました。「あのように詠みたい」という理想はありながら、忙しさを理由にじっくり取り組むこともないまま、身のまわりのことをくたくた並べているばかり。

この十年間には日本の国内だけに限っても、東北大地震をはじめとして大きな災害が何度も起こり、その度に気持は大きく揺さぶられました。さらに、もしかしたら現在はすでに戦前なのではないかと思わせられる政治、世相の動き。しかし、私はそれらのことを歌にしていません。していないというよりも力が無いから歌えない、というほうが正確なのですが。

「歌集を作ることは自分の欠点が見えること」と聞いたことがありますが、まさに欠点ばかりを痛切に感じさせられました。

折から池田動物園が閉園になるやもしれないニュース。動物園の運命と、私の歌とを重ねてしまいました。しかし、思い切って歌集を編むことにしました。全ての反省は今後の課題として。

小見山輝先生には、実にご多忙のなか、跋文をいただきましてありがとうございました。お言葉を私の支えとも励みともして今後に生かしてまいります。

井関古都路さんには、第一歌集に引き続き今回も全般に渉って温かいご助言をいただきました。心より感謝いたします。

校正を快く引き受けて下さった歌の先輩、深く感謝しております。

第一歌集に続き今回も装丁をして下さいました濱崎氏に心よりお礼を申し上げます。水鉢のなかであぶくを吐く金魚。裏側には鉢より出て伸びやかに泳ぐ金魚。何処へいくのか。私のあこがれの象徴のようなこの金魚。

今回も青磁社にお願いいたしました。永田淳氏が折り折りに掛けて下さるご助言、私のぐだぐだを聞いてくださるその深さ、優しさ誠実さ。全幅の信頼をおきながら歌集の完成を待ちました。ありがとうございました。河野裕子さんはなんと素敵なご子息を遺されたことだろう、なんとお幸せなお母さまであったことかとしみじみ思います。

　そして、私の歌の第一歩をご指導くださいました亡き直木田鶴子先生のご恩は終生忘れることはありません。

＊

　昨年の十二月、三歳の孫とともに久しぶりに池田動物園を訪れてみました。この冬初めての小雪が散っていましたが、クリスマスが近いためか大賑わい。しかし、私がかって歌にした大鰐も白熊も象も死んでしまい、象のいた場所には代わりの動物はおらず空っぽのままで椎の枯れ葉が転がっているばかり。

　キリンは生きていました。生きてはいましたがその首は切り紙のように薄くひらひらに見え、この方形の囲いの中に立ち続けていたキリンの時間を思ったりしました。

　やがて園内をサンタクロースが先頭になってクリスマスの衣装を着たロバや羊やガチョウやペンギンなどのパレードが始まりました。しんがりはピンクのお尻を品よく振りつつ歩くフラミンゴ。

息を呑み、興奮状態でパレードを見つめている孫。園の真ん中には「岡山の歌のお兄さんとお姉さん」が歌いつつ、この動物園がずっと続きますようにと観客に呼びかけています。

市民に愛されてきた動物園なので、友人らは存続の署名運動に参加しています。私も存続させたい。私の歌のためにも。ただ、存続するだけではなく次は小さくてもサファリのようなかたちでの再興が良いな……。この願いが叶うころには、私は八十歳ちかくなっているでしょうが、第三歌集を作れたらいいなと目論んでいます。

二〇一八年一月七日

野上　洋子

# 野《の》上《がみ》洋《ひろ》子《こ》略歴

一九九一年　「龍」短歌会入会

一九九七年　「龍」短歌会新人賞受賞

一九九八年　岡山県文学選奨受賞（短歌部門）

二〇〇八年　歌集『キリンの首』上梓

二〇〇九年　「龍」短歌会龍賞受賞

日本歌人クラブ中国ブロック優良歌集賞受賞（『キリンの首』）

岡山県歌人会運営委員

現代歌人集会会員

日本歌人クラブ会員

龍短歌会叢書第二七一篇

歌集　さうか、さうか

初版発行日　二〇一八年三月二十六日

著　者　野上洋子
岡山市北区北方二－一－一九－六〇七（〒七〇〇－〇八〇三）

定　価　二五〇〇円

発行者　永田　淳

発行所　青磁社
京都市北区上賀茂豊田町四〇－一（〒六〇三－八〇四五）
電話　〇七五－七〇五－二八三八
振替　〇〇九四〇－二－一二四二二四
http://www3.osk.3web.ne.jp/~seijisya/

装　幀　濱崎実幸

印刷・製本　創栄図書印刷



ISBN978-4-86198-398-6 C0092 ¥2500E